흔적, 花

시와소금 시인선 · 156

흔적, 花

ⓒ구금자, 2023, printed in seoul, Korea

초판 1쇄 인쇄 2023년 07월 20일
초판 1쇄 발행 2023년 07월 25일

지은이 | 구금자
펴낸이 | 임세한
책임편집 | 임동윤
디자인 | 유재미 정지은

펴낸 곳 | 시와소금
등록 | 2014년 01월 28일 제424호
주소 | 강원도 춘천시 충혼길20번길 4 (우-24436)
편집·인쇄 | 서울시 중구 퇴계로50길 43-7 (우-04618)
전자주소 | sisogum@hanmail.net
구입문의 | ☎ (033)251-1195, 010-5211-1195

ISBN 979-11-6325-062-3 03810

값 13,000원

강원문화재단
Gangwon Art & Culture Foundation

· 이 책은 강원특별자치도 강원문화재단 후원금으로 발간되었습니다.

시와소금 시인선 · 156

흔적, 花

구금자 단시조집

시와소금

■ 구금자(具錦子)

- 2008년 《자유문예》 시 부문 신인상
- 2010년 《샘터》 시조 상
- 2011년 《한국 동시조》 신인상
- 2013년 《아동문학세상》 문학상
- 2013년 《시조문학》 작가상
- 시집   『그래도 낙타를 타야 한다』
- 시조집 『왈츠 한 곡 추실래요?』
        『시조의 울림 짧은 글 긴 여운』
        『흔적, 花』

- 이메일 : mrmawk2002@hanmail.net

흔적, 花

하늘의 별은
그 빛을 내주어 꽃을 키우고 땅의 시인은
별빛을 등불 삼아 꽃을 피웁니다.

인연의 길에서 만난
소중한 생명을 보며
그 안에
소담한 이야기를 담아 보았습니다.

| 차례 |

| 프롤로그 |

제1부 겨울

제2부 봄

제3부 여름

제4부 가을

제1부 겨울

눈 내린 날

도라지꽃

가시버시

색깔은 다르지만
위아래 받쳐 입고

앞서거니 뒤서거니
서로 밀고 당겨 주며

든든한 버팀목으로 밀고 가도 좋겠네

가시연꽃

가시연꽃

바람에도 물결에도
흔들리며 사는 세상

위로 피우고 아래로 낳고
할 일 다 한 초록 와불

물 위에 섬을 만들고
하안거에 들었다

코스모스

가을 소녀

여기요
빼꼼하니
낙엽 사이 꿈 하나

사랑도 묻어두고
그리움도 접어 넣고

햇살을 품고 앉아서 동무하자 청하네

감꽃 피는 날

소매를 걷어 올리며
느릿느릿 입을 뗀다

봄은 늘 삭풍 끝에
깨금발로 오는 거지

꽃 역시 어렵게 피어야
결 고운 향기 얻는 거지

감꽃

구절초

구절초

한적한 숲길에선 늘 혼자였는데

오늘은 너를 만나 외롭지 않았단다

향긋한 가을 미소에 취해도 좋은 날

귀한 마음

거들지 않았어도 스스로 아름답지

벌, 나비 마다치 않은 한결같은 마음엔

꿀단지 영글어 간다
햇살 가득 담고서

호박꽃

그렇게

아름다움은 언제나 일상에 가려져 있고

간절함은 나의 무심한 시선을 넘는다

초점을 잃어버린 눈에 네가 들어온 거야

아기도라지 / 출처 : 다음 이미지

장미

꽃 중독

이대로 멈추었으면 좋겠다. 붉은 5월

바라만 봐야 하는 가슴앓이 짝사랑

왜 하필 장미였을까
운명 같은 해후

능소화

꽃가지 담을 넘다

널뛰기하는 것도
그네를 타는 것도

너머 세상 궁금해서
담을 넘는 일이다

열여덟
물오른 꽃가지
몰래 건네는 봄 편지

나 어떡해

한 자 한 자 꿰다 보면
꽃 한 송이 피우려나

무수한 언어 속에 밤은 더 깊어지고

바늘귀 잡기만 하면 내려앉는 눈꺼풀

등나무꽃

찔레꽃

나는 자연인

잡초처럼 살아도 온실은 아닌 거야

하늘을 지붕 삼고 별들과 노래하며

묶지도
묶이지도 말고 그리 한번 살아봐야지

나지막한 야산이면 좋겠어

누군가
깨워 줄 이 없어도 괜찮고

고만고만한 봉분 옆
한 자리면 족하겠지

햇살은 덤으로 안고
구름 한 점 눈에 넣어

각시붓꽃

너에게 가는 길

학연, 지연 혈연 아무것도 없습니다

오로지 당신을 향한 열정과 인내뿐

이만큼 살아보니까 그게 전부이더이다

갯메꽃

벼꽃

논배미 사랑

어미는 살을 베어 새끼를 살찌우고

아비는 뼈를 삭혀 자식을 키워낸다

그렇게
다 내어주고 쌀 한 톨 키워내는

개망초꽃

다문화 여인

물도 땅도 설었을
머나먼 이곳에서

용케도 견뎌내며
고향을 이뤘구나

황무지 덮어주느라
흘린 눈물 내 안다

동백꽃

동백꽃 연정

뜨거운 미련들을
모조리 쏟아놓고

구름 사이 짧은 만남
기쁨을 뒤로하며

질펀한 숲 사이사이 묻어버린 발자국

동산 위에 할미꽃

손 놓은 지 얼마라고 누인 몸도 미안한지

길게 뺀 시선 끝에 매달린 아침 이슬

오랜 날 감내한 상으로 편히 쉬어도 될 텐데

동자승

때 이른 출가인가
전생의 인연인가

속세의 묵은 때를
알기도 전일 텐데

무엇을 씻기 위함에
저리 고갤 숙였는지

은방울꽃

금낭화

뜨거운 바다

바다의 능선에서 춤을 추는 불나방

파도 소리 벗 삼아
희망을 엮어 달며

태양이 남기고 떠난 그물을 기워간다

박꽃

뜸부기 우는 저녁

발꿈치 들어 보면
고향 집이 보일까

반겨줄 이 없어도
그리운 품속인데

불빛이
아른거린다
소금꽃이 앉는다

제2부 봄

아지랑이 손짓하는 오후

망태버섯

망태버섯

시간도 속절없다
풀어야 할 인연의 끈

아침이슬 마르기 전
하늘을 품고 누워

물소리 귀동냥으로
웃고 가는 유심(流心) 길

맥놀이

아침놀에 목선 한 척
그물을 걷으러 간다

목가적 풍경 같은 착시로 유혹해도

현장은 전쟁터이다
목숨을 담보 받는

해당화

명자꽃

수줍게 핀 미소 좀 봐
어떻게 하라고

꽃잎이 바람을 타며
나를 잡아끄는데

이대로
두고 가려니 애달파 어이하리

명자꽃

목련

목련이 지네

툭 하고 떨어지는 봄
하루만 더 붉다 가지

흐르는 시간 앞에
헤어짐이 서럽다

바람에 간드러지던 널
어떻게 또 지우라고

물망초

이유 없는 이유

눈길만 마주쳐도
올라가는 입꼬리

하늘거리는 손짓엔
가슴이 두근거려

보태지 않아도 좋아
너라서 좋은 거야

물봉선화

나비일까 꽃일까
의미 없는 물음이네

천상의 소리까지도
잦아드는 깊은 숲엔

찾는 이 아무도 없지
그래서 더 아름답지

물봉선화

민들레의 꿈

때 되면 가는 길에 붙잡을 이유 없는데

알 수 없는 허전함에 눈시울이 붉어진다

다시 또 만날 수 있을까
세월 흘러 바람 돌면

민들레

밤 부추꽃

은하수를 건너던
아기별들이 떨어졌나

옹기종기 소곤소곤
하늘 이야기 풍성하다

가을이
곧 올 거라는
사연 안고 오신 임

밤 부추꽃

달맞이꽃

밤에 피는 꽃

빛 없는 밤바다에
꿈 건지려 모은 두 손

잔잔한 기도 소리
차곡차곡 쌓여 간다

수평선 끄트머리에
오래 키운 꽃이 핀다

무궁화

버팀목

그 안에 내가 있고 내 안에 머문 당신

우리라는 울타리에 든든한 말뚝처럼

만 년의 시간이 흘러도 피어 있을 길잡이

분꽃

벗

수줍은 달빛 아래
미소 하나 나를 보네

내 잠시 너를 향해
마주 앉아도 되겠니

긴 시름
한 자락쯤은
내려놔도 좋은 밤

별빛 그리움

밭고랑 감자알이 주먹만큼 살이 차면

솥뚜껑 내다 걸고 둘러앉은 식구들

쑥불에 눈물 찍으며 이야기로 환한 밤

감자꽃

본분의 정석

무시로 넘나드는 장난 같은 말씨름

초심은 사라지고 상처뿐인 전쟁터

그래도 꽃이랍시고 꿀은 품고 있을까

엉겅퀴

봄의 속삭임

시리도록 아픈 날 하얗게 새운 밤도

네게로 달려가는 꿈이 있어 행복했지

말로는 다 할 수 없어 눈물이 흐른다

머위꽃

부추꽃

본 적이 있나요
생각은 나시나요

때로는 스쳐 가며
만나기도 했었는데

당신의 기억 저편에 아름다운 별 무리

부추꽃

부탁

홀로 선
나그네인데
찾아주니 고맙고

갈바람 불어와도
떠나지 아니 하네

동짓달
긴 겨울밤도
곁에 있어 주려나

천일홍

부레옥잠

부평초

물길에 내몰리고
바람에 흔들리며

어디서 멈춰야 할지
가슴만 타는데

꽃송이
머리를 내민다
사는 게 별거냐고

제3부 여름

매미 소리 마당을 쓸고

민들레

사람을 찾습니다

분단의 아픔 속에 시간은 속절없고

가물대는 기억 속에 이름마저 사라질까

코끝은 향수(鄕愁)를 따라 새털처럼 나는데

사랑초

사랑초와 비

아파도 사랑이다
맑은 날만 있겠는가

가끔은 힘에 버거운
무거움도 축축함도

묵묵히
나누고 지는
그게 바로 사랑이다

산모퉁이 저녁연기

모락모락
스멀스멀

키 낮은 목소리 따라
반세기를 후딱 지난 유년의 땅에 선다

비녀 뺀 할머니 머리칼
산안개로 촉촉하다

살아야 할 이유

고향도 아닌 곳에 좁디좁은 방 한 칸

절망 모두 물리치고 희망으로 일어선 꽃

메시지 흔들고 있다. 삶이란 전투라고

단모환

삶에

앉을 곳 어디인지
얼마를 날았을까

더듬어 가는 길에
소중한 인연이길

정화수 달님에게도
청을 넣어 봅니다

풍접초

선물

보서요
여기예요
그냥 가지 마세요

찬바람 막아주는
따스한 솜털 옷을

바구니 한가득 담았어요
햇살까지 덤으로

꽃다지

설 렘

조롱조롱 매달린
아지랑이 속삭임

함께했던 겨울바람
눈물 어린 이별도

따스한
햇살 속에서
피워올린 한 줄 詩

양지꽃

소금꽃

아래에서 치올리고
위에서 내리치고

숨을 곳 하나 없고
호흡조차 가빠지며

눈물도
흘릴 새 없이
결정으로 피어나는

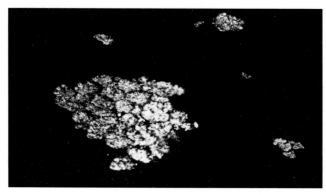

소금꽃

소정

소정, 나의 사랑

멀고 먼 바닷가로
시집온 지 몇 년인지

달다 쓰다 싫은 내색은
남의 집 이야기지

때맞춰 풍기는 향기에
짧은 해가 아쉽네

해바라기

속사정

바람도 없어야지
빗물에도 쓰러지고

한 계절 살아내기가
왜 이리 버거운지

속울음 삼켜야 하는데
보이는 게 다겠니

순환

잠재된 의식들은 어딘가 머무르며

탈수되지 않은 육신은 땅끝에서 짓무른다

손끝을 터트리고서야 돌아가는 회전문

숨은그림찾기

끝없는 밀어들로
묶여버린 하얀 나비

풀어야 할 것 같은
당신이라는 별똥별에

다발로 던져 놓을까
흩어질 수 없는 밤

안개꽃

숲속 오두막집에

홀로 남은 아이야
외롭지 않았니

노래를 들려줄 게
숲 밖의 이야기들

엄마 품
그리울 텐데
조금만 기다리렴

애기똥풀꽃

쉬었다 갑니다

각박한 세상인데
꽃 방석에 꿀물까지

뭐라고 감사함을 전할지 고맙습니다

다음에 또 와도 될까요
그래야 할 것 같아요

백일홍

시절인연(時節因緣)

고달픈 삶을 지고
옮기기를 얼마인지

고마운 인연으로
터 잡고 앉았네요

외롭지 않았으면 해요
늘 함께할게요

와송

쑥갓, 상추꽃

빨간 꽃 노란 꽃 지천으로 피어도

강된장 끓는 소리 타오르는 모깃불

고향 집 텃밭에 피어난 이 꽃만 하겠느냐

쑥갓

상추꽃

으름덩굴

아버지의 바구니

덩굴을 걷어다가
손끝에 걸으시며

정겨운 꽃 이야기
수북이 눌러 담아

어느새 놓고 가셨네
뭐가 그리 바쁘신지

산자고

아이를 찾습니다

실종 장소 산자락
찔레나무 옆자리

이제 막 피어올라
혼자 보기 아까웠는데

그렇게 업어 가시면
살림살이 피시나요

약속

구르는 수레바퀴에 너를 태워 보냈다

텅 빈 허전함에 밤새워 울었는데

시간이 약이라던가 그 참말은 거짓말

어울렁더울렁

감정은 그런 거야
시작은 미비하지

꼬임부터 풀고 나면
피어나지 않겠니

천천히
서두르지 말자고
사는 게 다 그런 거야

타래난초

여전히 꽃이랍니다

입술 선은 뚜렷하게
화장하고 향수 뿌리고

백 살을 다 채워도
늙지는 않겠다고

오래된 장미 한 송이
손녀들 틈에 숨었다

연꽃, 진 자리

떠나간 텅 빈 자리 흔적 찾는 발걸음

그리운 네 모습 어디에서 다시 볼까

바람은 또 어떡하라고 물비늘을 일구는지

연꽃

오고 있겠지

다시
사부작사부작
한들거리는 봄 마중

우수(雨水)도 지났는데
기미라도 보여주려나

때 이른 春心이라고 놀려대는 복수초

복수초

외사랑

들고 나는 파도 위에 꽃잎 한 장 띄워보면

바다의 이야기를 나에게도 들려줄까

긴 세월 함께였는데 못 다 전한 이야기

해국

수선화

유기

하루, 이틀 그렇게
내려놓은 곳에서

당신을 기다립니다
버려진 건 아니겠죠

이유가 뭐였을까요
밥도 조금 먹었는데

장미꽃

유월, 밤 장미

슬금슬금 바람 맞으러 담장을 넘어간다

5학년이 지나고 뒤늦게 달아올라

향기를 거두지 않는다
입술 붉은 저 여인

산수유꽃

윤달

겨울이 길다 해도 봄은 곧 오겠지

힘겨웠던 추위에 바닥 난 살림살이

바구니 한가득 채울 그 날을 기다리며

산수국

은밀한 유혹

가진 것은 없지만
그래도 꽃이랍니다

향기는 수수해도
꿀맛은 일품이지요

손 한번 잡아주세요
당신은 나의 첫 연인

제4부 가을

내려앉은 가을

겹무궁화

자옥아

홀연히 떠나던 날 꽃비가 뿌려졌다

말랐던 가지에 꽃송이 달아주고

꽃길만 걷자 하더니 꽃길 밟고 가버렸다

자웅동주(雌雄同株)

간질거리는 바람에
따라나선 마실 길

잠깐이면 되겠지
네 마음 뒤로 하고

먼 길을 돌아왔는데
늦은 것은 아닐까

소나무꽃

자화상

모진 겨울 어찌 견디고 저리 곱디고울까

너나 나나 한겨울 겪기는 마찬가지인데

천 리를 훑고 갈 향기를 품었는지 모르겠다

천리향

접시꽃 피면

떠난 임
자국마다 붉게도 피웠구나

부엉이 울음소리
감고 도는 산자락에

달빛도 슬픔에 겨워
소리 없이 앉는 밤

접시꽃

수박꽃

제값이나 했으면

저 큰 덩어리가 어찌 큰 줄 아시는지

옆 가지 잘라 내고 작은 새끼 떼버리고

끝까지 살아남은 놈 애지중지 키웠다오

제비꽃

제비꽃 마중가다

봄바람을 실었구나
어여쁘다 어여뻐

꿈에라도 안겨 보는
인연으로 만났구나

연보라
아지랑이 꿈속에
버선발로 가리라

진달래꽃

진달래 피면

함께여서 행복하던
그곳에 가고 싶다

딱따구리 쪼아 대던
산자락 어딘가에

미소 띤
네 모습이 아른거려
까만 밤이 하얘지고

집으로 가는 길

어디쯤 서 계실지
버드나무 아래일까

가을빛 따가운데
그늘도 잊으시고

막내딸
옷자락 보일까
까치발을 하시는

코스모스

차밭에 들어

바람 한 입 머금고
구름 한 장 이고 선

연초록 이파리에 오래된 꿈 흔들린다

낮빛도
새순을 닮아
초롱초롱 윤이 나는

차꽃

찰나의 순간

오직 그대를 위해 먼 길을 내려왔지

날 안고 행복해하는 당신이 고마웠어

우리는 하나가 된 거야
잊으면 안 돼
이 느낌

눈꽃

찻잔에 꽃잎 띄워

얽히고 얽힌 세상
바쁘기는 또 얼만지

그래도 볼 낯 있지
향기 또한 진하지

차 한 잔 깊게 우려내
쉬어가도 좋겠지

칡꽃

천사의 유혹

눈으로 만나시고 손은 잡지 마세요

이곳의 인연으로 놓아두고 가시고

미련도 떨쳐버리고 돌아보지 않기를

양귀비

억새

청룡포에 부는 바람

아라리
뱃길 따라
휘감는 금빛 물결

천상에
이르지 못한
황룡의 恨이던가

가을 길 쓸고 닦고 열어 누구를 기다리는지

맨드라미

추억의 꽃빵

하얀 눈 소복소복 깊어지는 겨울밤

아궁이 가마솥이 숨 가쁘게 달려간다

꾹 누른 꽃잎 도장에 봄 편지를 싣고서

카오스

시작도 끝도 없을 행간의 언어들로

밤새워 끙끙대며 속앓이를 해댄다

쓰린 속 달래줄 답을 찾아낼 수 있을까

캔들 스너퍼

새로운 불꽃으로
또다시 타오르는

내일을 기다린다
그날의 함성을 위해

하루의 어둠은 괜찮지만
길다면 안 되겠지

초롱꽃

틈

그대는 떠났어도 외롭지 않습니다

또 다른 이야기로 메꿔나갈 하늘엔

구름이 바람을 따라 들어 오고 있는걸요

나팔꽃

피안(彼岸)으로 가는 길

수없이 피고 지며 덧없음에 주저앉고

무시로 놓쳐버린 바람에 목메다

바가지 한가득 담긴 하늘을 못 봤구나

연꽃

홀로 가는 길

구르다 멈춰서니
어깨가 허전하다

붉게 물든 가슴은
그냥 두고 왔는데

달빛이 눈에 밟힌다
나 없이도 괜찮을지

花佛

틈 비집고 올라와
낮게 웃는 선한 꽃

힘겨운 겨우살이 어찌 버텨냈는지

온화한 염화미소(拈華微笑)로 우문에 답을 주네

채송화